오히려 좋아

목차

에
필
로
그

프롤로그

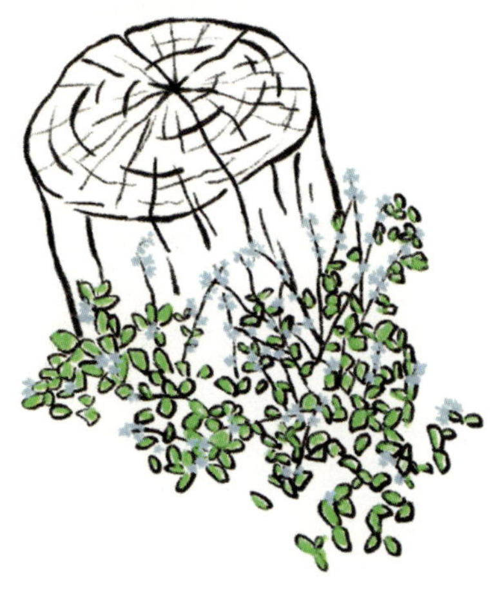

봄빛이 물든 다리 위로 자전거가 빠르게 지나간다. 목을 조금 더 길게 빼면 사람들로 북적이는 강변의 풍경도 즐길 수 있지만 올망졸망 노란 꽃을 피워낸 개나리와 가지마다 하얀 꽃봉오리를 얹은 나무에 눈길을 빼앗겨 한 곳에 시선이 머무른다.

가까이 있지만 눈에 잘 띄지 않는 것, 빠른 것보다 느린 것을 만나면 걸음을 멈추게 된다. 나라는 사람의 조각을 마주하게 된다. 삶은 그런 조각들을 하나둘 맞추며 나를 알아가는 과정이 아닐까.

그 과정을 당신과 함께하고 싶어서, 나로 존재하는 순간의 이야기를 나누자고 손을 내민다.

Part 1. 자연 속

의자들의 이야기

　자연과 닿아 있는 곳에 산다. 이름 모를 다양한 곤충은 물론이거니와 개구리와 뱀을 어렵지 않게 볼 수 있고, 비가 온 다음 날에는 지렁이의 마지막을 발 디딜 틈 없이 많이 보게 되는 곳이다. 엘리베이터에 타면 이웃 대신 가드를 올린 사마귀를 만나는 날도 있다. 계절의 변화와 공기의 좋고 나쁨을 산을 보고 대번에 가늠할 수 있고, 사람의 발길이 덜 닿아 키 작은 꽃들의 시간을 오랫동안 지켜볼 수 있다. 자연도 사람도 숨 쉴 수 있는 여백이 있는 곳이라 상상력을 자극하는 사랑스러운 장소도 많다. 대형 편의시설과 거리가 멀어 불편한 점도 있지만 그럼에도 이곳에 사는 이유다.

　집 근처 아파트 뒤편의 흙길을 따라 오르고 내리고를 반복하다 보면 키가 큰 푸르른 나무가 병풍처럼 둘러싸여 있는 곳이 있다. 그곳에는 각양각색의 의자가 마주 보고 있는데, '도란도란'이라는 단어를 공간으로 표현한다면 이런 모습이 아닐까 싶다. 자리에 머물다 간 사람들의 이야기를 간직한 의자들의 대화가 들리는 듯하다.

"김 할머니의 손주가 말이지…."

"박 할아버지 곗돈이 말이야, 글쎄…."

자연스럽게 물음표가 따라왔다. '의자는 어디에서 왔을까?' 각자의 집에서 안 쓰는 의자를 가지고 왔을까. 아니면 누군가가 버린 의자를 눈여겨보다 여기로 가져왔을까. 어떤 사람이 이 멋진 장소를 발견하곤 누군가에게 이야기했겠지. 혹은 누군가가 가져다 놓은 의자를 보고 이 장소의 새로운 내력을 알게 된 사람도 있겠지. 약속하지 않아도 자연스레 모여 반갑게 인사하며 안부를 묻고, 시시콜콜하고 때론 고달픈 이야기도 나누며 의자도 하나둘 늘어났겠지. 사람들의 웃음소리로 여백이 채워지는 기분 좋은 상상을 더해 본다. 서로 보듬으며 더불어 사는 그들의 정겨운 이야기가 궁금해져 은근슬쩍 한자리 차지하고 앉아 귀 기울이고 싶은 날이다.

쓰담쓰담

집 근처에는 나만의 비밀 장소가 있다. 차를 타고 집 근처 산길을 굽이굽이 올라가다 보면 나오는 곳. 수목이 우거진 산허리 부근에 큰 지도가 세워져 있고, 바로 옆에 그곳으로 통하는 입구가 있는데 거기에서부터 꽤 오래 걸어 들어가야 한다. 땀방울이 송골송골 맺힐 때쯤 얕은 계곡 위 다리가 보이면 다 왔다. 머리를 식히고 싶을 때 향하는 숲 놀이터가 바로 내 비밀 장소다. 다리 많은 벌레 비슷한 것만 봐도 몸서리치면서 푸른 숲을 동경하는게 모순같지만 그만큼 나는 숲에 푹 빠져있다.

지정석은 그루터기 위다. 사람들의 필요에 의해 잘린 나무들에게 미안한 마음이 들지만 멍하니 시간을 보내기에 이만한 곳이 없다. 바람이 불어 한 잎 한 잎 움직이기 시작하면 사락거리는 나뭇잎 소리와 풋풋한 내음이 주위를 맴돌다 간다. 그대로 가만히 앉아 숲의 다양한 초록을 온 마음에 가득 담는 시간을 사랑한다.

좋아하는 것 중 빠질 수 없는 한 가지는 옆 그루터기에 새겨진 나이테를 손가락 끝을 세워 따라가 보는 것인데 동심원이 일정한 것이 있는가 하면 그렇지 않은 것도 있다. 일정한 것은 큰 사건 없이 순조롭게 잘 자랐다는 뜻이고, 그렇지 않은 것은 시련을 겪었다는 뜻이다. 일정치 않은 나이테를 가진 나무를 보면 고생했겠구나 싶어 나도 모르게 손가락으로 살살 쓰다듬게 된다. '어려움 속에서도 자신의 방식대로 세월을 잘 새겼구나. 너의 다름은 한줄 한줄 더해져 더욱 깊고 특별하구나' 생각하며 나무의 인생을 쓰다듬다 보면 번잡했던 마음이 차분히 가라앉는다. 나무 덕에 내 마음을 쓰다듬고 집으로 돌아간다.

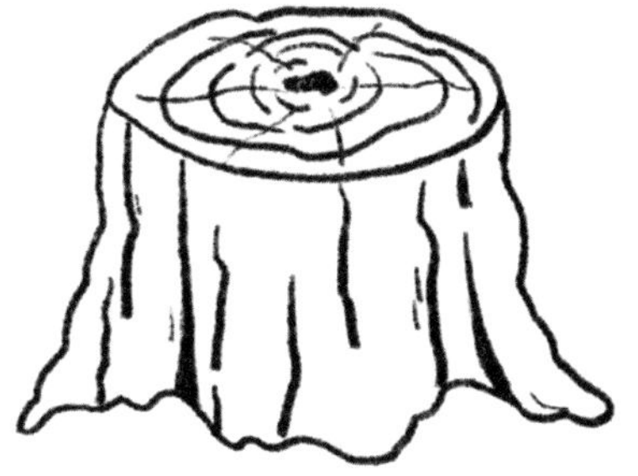

누렁이

　　바람이 시리도록 차가운 날, 새로 닦인 길을 따라 걷고 있는데 코에 까만 털꽃이 핀 누렁이 한 마리가 저 멀리서 다가오더니 건너편에 우뚝 멈춰 섰다. 우리는 서로를 마주 보았다. 내가 왼쪽으로 가면 동그랗고 맑은 눈과 다소곳이 내려놓은 앞발이 나를 향해 왼쪽으로, 내가 오른쪽으로 가면 또 나를 향해 오른쪽으로 방향을 바꿨다. 나에게 관심이 있는 건가 싶어 살짝 다가가 봤더니 뒷걸음질 치면서 한자리에 가만히 앉는다. 그리고는 이내 흥미가 사라졌다는 듯 시선을 다른 쪽으로 거두었다. 조금 더 그 아이를 지켜보고 싶었지만 약속 시간이 가까워져 멈췄던 걸음을 다시 옮겼다.

　　얼마나 시간이 지났을까. 일을 끝내고 조금씩 아래로 떨어지는 해를 벗 삼아 왔던 길을 되돌아가는데 아까 봤던 누렁이가 여전히 그 자리를 지키고 있었다. 햇볕이 드는 자리도 아닌 곳에서 차가운 바람을 묵묵히 맞고 있었다. 아까 잠깐 봤다고 아는 척을 하고 싶었지만 지친 듯 바닥에 배를 깔고 엎드려 있는 누렁이의 시간이 이유가 있어 보여서, 가진 이야기의 무게가 결코 가볍지 않은 것 같아 선뜻 다가갈 수 없었다.

그날, 누렁이는 무엇을 기다리고 있었을까. 그것이 무엇이었건 결국엔 꼭 다시 만날 수 있기를…. 더 추워지기 전에 기다림이 끝나길 바라본다.

오히려 좋아

그런 날이 있다. 상심한 일 바로 뒤에 뜻밖의 선물이 기다리고 있는 하루. 내게도 마법 같은 날이 있었다. 그 당시 나는 여러 역할을 해내며 많이 지쳐있었고, 휴식이 절실히 필요했다. 그야말로 소진되어 있었다. 고즈넉한 곳에 가만히 앉아 쏟아질 듯한 밤하늘의 별을 만끽하고 싶어 은해사로 템플스테이를 하러 갔다. 유독 별이 잘 보인다고 소문난 곳이라 출발하기 전부터 얼마나 마음이 들뜨던지 기대감에 한껏 부풀어 있었다. 하지만 온통 해님이라는 일기예보와 달리 저녁이 되자 천둥까지 치며 밤새도록 비가 억수같이 내렸고, 결국 별을 보지 못했다. 허탈하고 원망스럽기까지 했다. 기대에 찼던 보송한 마음은 힘없이 비에 젖어 결국 잠까지 설치게 됐다.

다음 날, 개운하지 않은 아침을 맞으며 터덜터덜 밖으로 걸어 나가는데 건너편 정자 마루에 걸터앉은

스님이 보였다. 눈이 마주치자 내게 올라오라며 손짓했다. 얼떨결에 나란히 마루에 앉으니 산봉우리와 어우러진 운무가 보였다. 스님이 말씀하셨다.

"여기는 비의 향기를 제일 잘 맡을 수 있는 곳이에요. 비가 온 뒤 운무가 제일 멋들어지게 보이는 장소지요. 어제 비가 와서 이렇게 기가 막힌 경치를 볼 수 있는 겁니다. 운이 좋으시네요."

그제야 사방에서 풍기는 싱그러운 풀 내음이 느껴졌다. 비가 씻어놓은 맑은 공기가 내 안을 맴돌다 흩어졌다. 푹신한 솜이불같은 운무가 푸르디푸른 산을 휘이 둘러 곰질대며 움직이는 모습에 나도 모르게 탄성이 나왔다. 내내 처져 있던 마음이 고개를 들었다. 답답했던 마음이 그 어느 때보다 개운해지는 것이 느껴졌다.

뜻밖의 행운은 어느 날 느닷없이 나타난다고 생각해 그런 날이 자주 오기를 바라기만 했다. 하지만 삶을 바라보는 태도를 조금만 바꾸면 언제, 어디서든 찾을 수 있는 것은 아닐까? 쏟아지는 별은 보지 못했지만 다음 날 비의 향기와 멋진 운무를 감상할 수 있었던 것처럼 말이다. 뜻밖의 행운은 우리에게 이 사실을 알려주고 싶었는지도 모른다.

차 밑 고양이를 구하는 방법

"왜~~에~~옹"

고양이를 만나면 나도 모르게 내는 소리다. 고양이 말과 비슷하게 흉내를 내면 혹시나 소통할 수 있지 않을까, 한 번이라도 날 더 쳐다봐 줄까 싶어 하는 행동이기도 하다. 내 차 밑에 웅크리고 앉아 있는 고양이를 보고는 오늘도 대화를 시도한다. 흰색 바탕에 검은색 머리털이 가지런한 고양이다. 눈높이를 맞추려 쭈그리고 앉아 한참 말을 걸어보았지만 눈길 한번 주지 않는다.

"저쪽으로 가줄래? 이제 시동 걸어야 해. 차 움직이면 위험하단 말이야."

급한 마음에 조금 더 큰 소리로 이야기했더니 그제야 잠깐 고개를 돌려 쳐다본다. 안전한 곳으로 가라고 휘이휘이 손을 내저어 보아도 역시 꿈쩍도 안 한다. 이렇게 된 거 고양이 사진이나 찍자 싶어 카메

라를 들고 찰칵찰칵 사진을 찍었다. 어느 쪽에서 찍어야 이 예쁜 모습을 그대로 담을 수 있을까 사진 각을 고민하다 보니 순식간에 10장이나 쌓였다.

그때 고양이가 "왜용!" 크게 외치며 건너편으로 뛰쳐나갔다. '나한테 도대체 왜 이래요. 왜~~~요!' 하는 것만 같았다. 본의 아니게 부담감을 안겨줘서 미안하지만 어쨌든 너의 안전을 지켰다.

바람과 나무의 위로

　　비가 부슬부슬 내리고 건너편 산이 손에 잡힐
듯 가깝다. 새 두 마리가 우뚝 솟은 산봉우리 끝을
이으며 유유히 날아간다. 흩어지는 봄비를 놓칠세라
양팔을 멀리 뻗은 나뭇가지와 그 끝에 매달린 나뭇
잎이 바람을 만날 때마다 한 송이 꽃처럼 한들거린
다. 비와 바람과 나무가 만들어 내는 조화는 그야말
로 한 폭의 그림이다. 바람을 맞는 나뭇잎의 움직임
은 산발적이고 때론 춤을 추는 것 같다. 똑같은 초록
은 없다. 색을 음미하며 나무의 움직임을 눈으로 좇
는 것, 요즘 가장 오랫동안 멈추어서 바라보는 풍경
이다. 지긋하게 바라보면 나뭇잎 사이에서 일던 바
람이 내게로 와 개운한 마음을 안겨준다. 회색이었던
기분도 점차 투명해진다.

　　가만히 숨죽여 주변을 바라보면 세상에 당연한
일은 없다는 것을 차츰 알게 된다. 그것을 인식하는

순간 보이지 않던 것들이 보이고 자연이 주는 안온함을 더 충분히 만끽할 수 있다. 아무렇지 않게 여겼던 바람과 나뭇잎의 움직임이 이제는 특별하다. 그 안에서 빈번히 위안받고 있다.

미로

집 안에 있어도 코끝이 시려 유독 일어나기 힘든 아침이었다. 어제의 복잡한 생각들이 이리저리 엉켜 여전히 나를 놓아주지 않는다. 밖으로 나와 하염없이 걸었다. 정면을 향하던 시선이 차츰 아래로 흘렀다. 빛바랜 보도블록 틈새로 연한 갈색 머리를 드러낸 풀잎들이 보였다. 사이좋게 나란히 줄지어 고개를 내민 것도, 낯가리듯 데면스럽게 듬성듬성 자리한 것도 있었다. 한 발짝 더 다가가 내려다보니 겨울을 맞은 풀들이 제법 정교한 미로처럼 보였다. 소란스럽게 울렁이던 마음이 그 속으로 빨려 들어가 갈색 미로 뒤편으로 숨는다. 그렇게 가만히 내버려둔다.

이런 날도 있는 거지.

동목서

어느 가을, 금오산을 오르기 위해 초입에서 매무새를 가다듬고 있는데 달콤한 향기가 코를 찔렀다. 얼굴을 돌려보니 잎이 무성한 금목서가 보였다. 이미 꽃이 져 진한 주황으로 웅크리고 있었지만 향기만은 여전히 진했다. 이에 질세라 은목서의 향기도 바람을 타고 날아왔다. 금목서가 진하고 달콤한 내음에 상큼함이 더해진 향이라면, 은목서는 과일 향이 좀 더 강한, 가볍고 경쾌한 향이다. 실제로 향수의 재료로 쓰일 만큼 둘 다 향취가 좋다.

금목서 옆에 은목서, 그 옆에 동목서, 꽃이 피는 순서대로 나란히 서 있었다. 이미 꽃이 졌음에도 향기가 나는 금목서와 달리 겨울에 꽃이 핀다 하여 겨울 동(冬)을 첫 자로 쓰는 동목서는 향은 물론이거니와 꽃봉오리조차 보이지 않았다. 먼저 꽃을 피운 금목서와 은목서를 바라보는 동목서의 마음은 어떨까.

조급한 마음으로 살고 있을까. 아니면 자신을 믿고 때를 기다리고 있을까.

몇 주 뒤 다시 그곳에 가보니 동목서에 작고 하얀 꽃이 고개를 들고 있었다. 과하지도 모자라지도 않은 은은한 향기가 주변을 에워쌌다. 늦게 피었다 해서 아름답지 않다거나 향이 덜하지 않았다.

묵묵히 한자리에 뿌리내리고 살아가다 보면 결국은 피게 된다. 시기만 다를 뿐 다 때가 있는 것이다. 동목서에게서 나를 본다.

테왁

　　바다가 주는 평온함에 흠뻑 빠져있을 때가 있었다. 바다의 짠 내음은 단맛이 났고, 현실 앞에 고이 접어둔 감각은 다시 일어나 파도를 향해 내달렸다. 파도가 다가왔다가 멀어지는 광경을 물끄러미 바라보다 가만히 귀 기울였다. 파도 소리는 일정한 리듬이 있다가 귀에 익을만하면 규칙을 깨버리곤 했다.

　　그때였다. 파도와 함께 해녀들이 밀려왔다. 한 해녀가 테왁 위에 가슴을 받치고 힌참을 떠 있다가 다시 바닷속으로 돌아갔다. 바다에 대한 달콤한 감상은 온데간데없이 사라지고 남겨진 테왁에 시선이 머물렀다. 주황빛의 테왁은 덩그러니 남아 파도가 이끄는 대로 이리저리 춤을 추면서도 멀리 떠나지 않고 그 언저리를 지키고 있었다. 다시 만날 그녀를 기다리는 것처럼.

　그녀들의 바다가 우리의 인생 같았다. 겉으로 평화로워 보이지만 그 속을 예단할 수 없는 바다. 잔잔했던 파도는 언제 그랬냐는 듯 갑자기 거세지곤 한다. 삶 또한 짐작할 수 없고 시시때때로 변한다. 해녀가 물질하듯 원하는 것을 찾아 건져내고 싶지만 아무리 휘저어도 손에 잡히는 게 없을 수도 있고, 그 아래 한 치 앞도 보이지 않는 위험이 도사리고 있기도 하다.

　그러한 막막함 속에서 잠시 올라와 쉴 수 있는 곳, 테왁은 쉼 그 자체이자 꼭 필요한 안식처다. 나의 테왁은 무엇일까.

Part 2. 누군가에서

Part 2. 누군가에서

고양이의 엉뜨

　뜰을 품고 있는 낮은 집들이 옹기종기 모여있는 골목 끝에 고양이 한 마리가 실외기 위를 차지하고 있었다. 털은 윤기가 흘렀고 조금은 넉넉한 모습으로 보아 동네에서 사랑받고 있는 아이라는 것을 한눈에 알 수 있었다. 왜 저기에 앉아 있을까. 가만히 들어보니 실외기에서 소리가 난다. 낙엽이 하나둘 소리 없이 내려와 바닥을 붉게 물들이는 계절이지만 안은 더웠는지 에어컨이 가동 중이었다. 햇볕 쬐기 적당한 높이에, 엉덩이는 실외기의 온기가 따뜻하게 데워주고 새초롬한 삼각 귀와 느긋하게 굽이친 등허리는 햇빛 이불이 포근히 감싸주는 곳. "여기가 바로 명당이로구나." 하는 고양이의 혼잣말이 들리는 것만 같았다. 하늘을 향한 고운 털은 햇빛을 받아 더욱 따스하게 반짝였다.

　입김이 절로 나올 정도로 추웠던 어느 날이 문

득 떠올랐다. 내가 조수석에 앉으면 예전 그 사람은 둔해 보이는 두툼한 손으로 누구보다 빠르게 엉뜨(열선 시트) 버튼을 눌러주었다. 그게 매너라고 어디선가 배운 듯한 계산된 재빠름이었지만 싫지 않았다. 엉덩이는 물론이고 마음까지 따뜻하게 채워져 집으로 돌아오고 나서도 그 순간이 오래도록 남았다. 그날의 배려가 그에게 마음을 열게 된 계기가 되었다.

추운 날이면 한결같이 엉뜨 버튼을 눌러주는 배려 담긴 그의 손길이, 고양이에게 달콤하고 맛있는 낮잠을 선물하는 실외기표 엉뜨가 사랑의 순간이 되어 어느 오후의 평온함을 오래도록 지켜주었다.

너머의 마음

　우리 동네에는 소위 참견쟁이라고 불리는 아주머니가 산다. 그녀는 번화가에서 꽤 떨어진 곳에서 작은 슈퍼를 운영한다. 인근 주민들만이 이 슈퍼를 이용하다 보니 고객들은 모두 안면이 있는 얼굴이었고, 동네의 모든 소문은 아주머니를 통해 전달 또 전달되곤 했다. 가게에 들어서면 언제나 "안녕하세요!" 하고 카랑카랑한 소리로 반겨주는 아주머니는 처음 만난 날부터 나에게 개인사를 아무렇지 않게 물었다. 곤란한 질문들이 쉴 새 없이 날아와 내 발밑에 수북이 쌓였다. 몇 번 당황스러운 일을 겪은 후 슈퍼 가는 것이 꺼려져 피하곤 했다.

　어느 날, 다른 슈퍼에서 장을 보고 빙 둘러 집으로 돌아가는데 한 아이와 함께 있는 아주머니 모습이 보였다. 조금 더 가까이 가 아이의 표정을 살피니 금방이라도 눈물이 떨어질 것만 같았다.

"그래, 그랬구나. 엄마가 보통 몇 시쯤 오시더라? 아줌마 가게에서 기다려도 괜찮아. 안에서 기다려."

사정이 있는 듯한 아이는 아주머니의 이야기를 듣고 안도의 한숨을 내쉬었다.

또 어느 날은 머리에 소복이 하얀 눈이 내려앉은 동네 할머니 한 분과 마주 앉아 말동무가 되어 주고 계셨다. 항상 굳은 표정의 할머니였는데 아주머니와 이야기를 나누는 내내 머금은 미소가 어찌나 해사한지 내 마음마저 환해지는 것 같았다.

그녀가 내게 던졌던 질문과 조언을 다시 살펴보게 되었다. 그제야 뒤에 숨어 있던 아주머니의 관심과 정이 보였다. 담뿍 묻어있던 밝은 미소가 보였다. 너머의 마음도 볼 줄 아는 깊은 사람이 되고 싶다. 우리 동네에는 참견쟁이 아주머니가 산다는 말은 취소한다. 우리 동네에는 누구보다 정 많은 아주머니가 산다.

슈퍼

용기 뽑기

　　인형 뽑기 기계에 이십 대로 보이는 사람들이 모여 있었다. 그들의 상기된 목소리와 실망감이 섞인 낮은 탄식만 들어도 어떤 상황인지 짐작게 했다. 인형 뽑기 기계의 집게는 신기하게 마지막에 다 와서 힘없이 인형을 잠깐 집었다 툭 놓는다. 점 찍은 인형이 원하는 대로 나오지 않자 애가 탄 이들은 돈을 탈탈 털어 기계에 넣지만 약속이라도 한 듯 같은 상황이 반복된다.

　　문득 인형 뽑기 기계가 꼭 사람의 마음 같다는 생각이 들었다. 꺼내고 싶은 마음이 있는데 잘 안될 때가 있다. 그 마음은 바로 용기. 세상을 살다 보면 용기가 필요한 순간이 정말 많다. 새로운 것을 시도하려는 용기, 있는 그대로의 모습을 인정하는 용기, 좋지 않은 일을 만나더라도 피하지 않고 정면으로 마주할 용기, 싫은 소리도 할 수 있는 용기. 어떤 용기는 그래도 꽤 쉽게 뽑히는데 묵직한 용기는 뽑는 데 여간 힘이 드는 게 아니다. 수도 없이 시도하지만 저 깊은 곳에서 끄집어내려 하면 잘 끌려오다가도 목전에서 놓치고 만다. 옆에 있던 다른 마음이 의도치 않게 불쑥 건져 나올 때도 있다. 이를테면 하지 않아도 될 걱정 같은 것들. 자책이란 마음도 바로 뒤에서 짝꿍처럼 붙어있다.

이럴 때는 한 발짝 떨어져 눈을 감았다 다시 뜰 필요가 있다. 그렇게 애쓴 덕분에 용기라는 마음이 출구 가까이 놓여 있지 않은가. 거기에 집중하면 다시 해볼 또 다른 용기를 얻을 수 있다. 이제는, 진짜 뽑을 차례다.

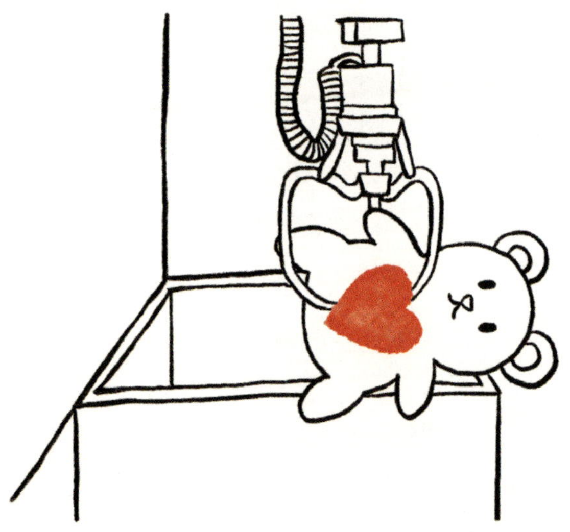

뜻밖의 성찰

최근 흥미롭게 읽은 책 〈초록을 입고〉의 저자 오은 시인이 북토크를 한다고 해서 서둘러 책방으로 향했다. 공간 가득 사람들로 북적였는데 그중 엄마를 따라온 초등학생 여자아이가 눈에 띄었다. 가만히 앉아 있기 쉽지 않았을 텐데 아이는 꿋꿋이 자리를 지키고 있었다. 작가는 그 아이에게 종종 질문을 던졌고, 아이는 항상 솔직히 대답했다.

"어때요. 북토크 재밌을 것 같나요?"

"아니요. 재미없을 것 같아요."

입담이 좋은 작가는 당황하지 않고 분위기를 잘 무마하거나 자연스럽게 화제를 전환했다.

북토크 중반쯤이 되었을 때 작가는 모두에게 질문했다.

"여러분들은 좋아하는 게 뭔가요?"

수영, 아들, 키우는 고양이, 꽃, 연예인, 책 등 다양한 대답이 나왔다. 아이는 현재 사귀고 있는 남자친구라고 했다.

"남자친구가 왜 좋아요?"

"사랑한다고 많이 말해줘요."

적막이 흘렀다. 좋아한다는, 사랑한다는 표현이 낯간지러워 미뤘던 경험이 있는 어른들의 표정에서 느낌표가 스쳐 지나갔다. 시종일관 평정심을 잃지 않던 작가의 두 눈이 흔들렸다.

"와, 이렇게 아이들에게 배웁니다."

더 이상 다른 말은 필요 없었다.

덕분에

자그마한 체구와 얼굴, 이목구비에 단아함이 묻어있는 그녀의 스카프가 바람에 하늘하늘하게 일렁인다. 가방 위에 살포시 얹은 왼손가락은 흰 곳 하나 없이 가지런하지만 손등은 마치 불투명한 점토를 얹은 듯 불룩한 흉이 자리하고 있다. 25년 전쯤 기계에 끼여 생긴 흉이다. 그녀는 왼손을 볼 때마다 깊이 속상해했고, 누군가의 시선이 잠깐이라도 손등에 머물면 죄지은 사람처럼 손을 감추었다. 마음의 흉이 더 크게 남았던 시절이었다.

그녀에게 세월이 내려앉았다. 반짝이던 눈은 흐려졌고, 탄력 있던 팔과 다리는 점차 앙상해졌으며, 윤기가 흐르던 풍성한 머리칼은 빛을 잃었다. 손가락 마디는 나이테가 새겨졌고, 마음마저 쓰라리게 했던 왼쪽 손등에도 세월이 배었다. 쉽게 지치고 자주 깜빡이는 나이가 된 것이다.

"그래도 이제 좀 덜 보인다. 주름 덕분에 거의 안 보이네."

흉은 한때 훨씬 컸으며 눈에 띄었으나 아이러니하게도 지금은 세월의 흔적이 바림질해 더 이상 이질감이 들지 않게 되었다. 세월 '때문에'가 세월 '덕분에'가 되는 순간이었다.

걷고 뛰기를 반복하는 종잡을 수 없는 시간을 붙잡을 수 없고, 아무리 후회하고 아쉬워한들 지나간 시간을 되돌릴 수 없지만 세월 덕분에 생긴 이로움에 감사하며 사는 삶을 선택할 수 있다. 나의 엄마, 그녀의 말처럼 말이다.

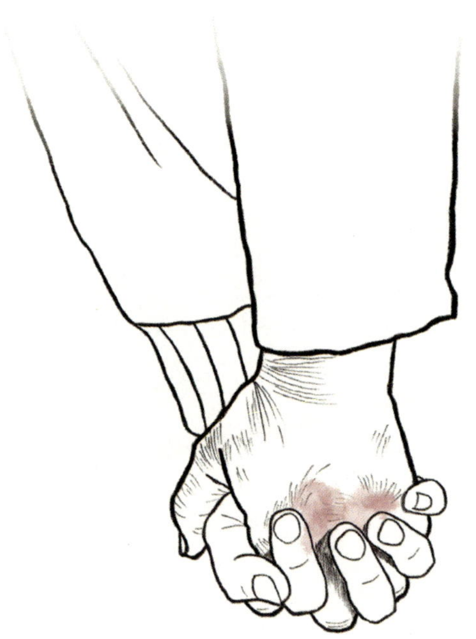

Part 3. 나에게로

게으름과 느림

　남들보다 게으르다고 생각했다. 늦은 줄 알고 운동화 끈을 다 묶기도 전에 떠밀리듯 서둘러 걸었더니 자주 넘어졌다. '게으르다'와 '느리다'는 한 끗 차이. 이제는 내가 게으른 게 아닌 느린 사람임을 안다. 무엇을 하기 전 에너지를 채울 시간이 필요하고, 생각하는 시간이 충분히 있어야 방향을 제대로 잡을 수 있다.

　나만의 속도로 걷는 것보다 더 어려운 것은 나만의 속도를 아는 것이다.

나답게

휴가철을 훌쩍 넘어 가을이 되었다. 바다는 아직 여름의 더위를 머금고 있었지만 수영복은 자취를 감추었고, 여름과 가을 중간 어디쯤의 옷을 입은 사람들로 가득했다. 해변 한가운데에 앉아 바다를 바라보는데 사람들의 시선이 일제히 어딘가로 향하는 것이 느껴졌다. 그 끝에는 중년 여성이 있었다.

정글을 연상케 하는 화려한 무늬에 선명한 색감, 골반 부분이 깊이 파인 하이컷 수영복을 입고서 그녀는 천천히 바다를 향해 걷고 있었다. 걸음은 느긋하고 여유로웠으며, 꼿꼿하게 바로 선 등과 어깨에서 당당함이 느껴졌다. 그녀는 사람들의 뜨거운 시선 따위는 아랑곳하지 않고 시원하게 물살을 갈랐다가 둥둥 떠서 잠깐 쉬기도 하며 바다를 온전히 즐겼다. 시선이 닿는 곳에서 사라질 때까지 나는 그녀의 모습에서 눈을 뗄 수 없었다. 그녀를 보고 있으니 묘

한 해방감이 느껴졌다.

주위의 시선에 갇히지 않고 자신을 당당하게 드러내는 사람은 자신이 생각하는 것보다 더 큰 매력이 있고 자신이 상상하는 것보다 더 큰 영향을 끼친다. 나는 나답게 잘살고 있나, 사람들의 평가에 스스로를 묶어두고 있지 않은지 되돌아본다. 나답게 삶을 헤엄치기. 그녀 덕분에 새로운 목표가 생겼다.

못하지만 계속하는 일

흙을 만질 때는 아이의 마음이 된다. 부드럽고 시원한 도자기용 흙을 만질 때는 더더욱 그렇다. 이리저리 동그랗게 굴려도 보고, 네모난 각도 만들어 본다. 손톱으로 삐죽삐죽 모양을 만들어 보기도 하고, 기다랗게 만든 것을 층층이 쌓아 보기도 한다. 흙이 도자기가 된다는 건, 내겐 너무나 신기하고 매력적인 일이다.

도서관에서 도자기 물레 강좌를 2년째 수강하고 있다. 도서관에서 운영하는 문화 강좌는 여름과 겨울, 두 번의 방학이 있다. 감이 좀 잡혔나 싶으면 3개월 정도의 공백이 2번이나 생기는 것이다. 오랜만에 반죽할 흙 앞에 서면 '어떻게 둥글렸더라….' 한참 생각하고 있는 내 모습에 허무할 때도 있지만, 새로운 학기의 시작은 언제나 설렌다.

강좌의 시작은 언제나 반죽부터다. 흙을 가져와 한 발은 앞에, 한 발은 뒤로 두고 흙 쪽으로 체중을 싣는다. 왼손은 흙의 윗부분을 잡고 오른손은 적당한 힘으로 누르면서 둥글리는데 이 과정을 '꼬막 밀기'라고 한다. 흙에서 공기를 빼내는 과정으로, 흙 안에 공기가 있으면 가마 안에서 터질 수 있기 때문에 필수적인 작업이다. 첫 분기 때는 내내 반죽만 하다 보니 팔도 아프고 고된 노동처럼 느껴질 때도 있었지만 흙 반죽을 물레에 올리는 순간, 이 모든 과정을 사랑하게 됐다.

잘 둥글려 럭비공 형태가 된 반죽을 물레에 붙이고 충분히 물을 발라 두 손으로 일정한 힘을 주며 중심을 잡는다. 너무 힘을 많이 주어도, 그렇다고 힘을 너무 안 주어도 안된다. 물레가 돌고 손을 대면 서서히 형태를 바꾸고 모양을 잡아간다. 흙의 감촉을 느끼며 고요함에 집중하는 그 순간만큼은 생각의 잡음이 자취를 감춘다.

내가 유일하게 만들 수 있는 건 컵인데, 선생님

말씀으로는 동일한 크기의 컵을 적어도 100개는 만들어야 어느 정도 실력이 쌓인 거라고 하셨다. 내가 만드는 컵은 어떤 것은 위로 길고 어떤 것은 옆으로 길어 들쭉날쭉 자유분방한 모습이다. 실력은 계단식으로 는다는데 이번에 밟은 디딤바닥은 다음에 디딜 칸까지 거리가 꽤 멀어 오랜 시간 제자리다. 예전 같으면 지쳐 손을 놓았을 텐데 이 일만큼은 지지부진해도 계속해 나가고 있다. 언젠가는 뭐가 되든 되겠지. 무엇보다 완성된 무언가가 쥐어지지 않아도 흙을 만지고 물레를 돌리는 행위 자체를 놀이처럼 즐기고 있는 마음이 이 작업을 계속하게 한다.

물레 강좌를 듣고 왔다고 하니, 오늘은 무얼 만들었냐고 친구가 묻는다. '굳이 무얼 만들어야만 하는 건가?' 하는 반문이 마음속에 자리 잡는다.

"아무것도. 그런데 너무 좋아."

시간 가는 줄 몰랐어

귀엽고 특색 있는 소품과 문구용품으로 가득 찬 곳에 들어서면 여전히 마음이 복작복작 한껏 들뜬다. 한 톨도 빠짐없이 다 살펴볼 테다. 예열할 시간도 없이 속독하듯 움직이는 눈의 움직임을 팔다리가 따라가기 바쁘다. 이런 곳은 여럿보다 혼자나 소수로 움직이는 것을 선호한다. 나에게 천천히 질문을 던지며 좋아하는 것을 충분히 음미할 수 있어서다.

정신을 차리니 어느새 바구니는 수북해져 있고, 시간은 훌쩍 흘러 있다. 취향을 마음껏 확인할 수 있는 곳에 가면 언제나 시간 감각이 무뎌진다. 고른 것들을 모두 데려가야 하는 수십 가지 이유를 만들어낸다. 색감이 예뻐서, 작고 소중해서, 보는 것만으로도 힐링이 되는 것 같아서, 자꾸 들여다보게 돼서, 누구와 닮아서, 필요할 것만 같아서(필요해야만 해서). 그중에서 일단 보이면 담는 것이 있으니, 일명 '고래

템'이다. 오래전부터 사랑해 온 고래는 내게 넓음과 깊음 그리고 자유로움의 상징이다.

어린 시절에도 시간 가는 줄 모르고 빠져있던 취미가 있다. 바로 우표 모으기. 초등학생 시절, 중요한 일과 중 하나는 학교 앞 문구점에 꼬박 출석하여 새로 나온 우표가 있는지 확인하는 것이었다. 집으로 배달된 편지에 붙은 우표를 봉투에서 분리해 내는 섬세한 작업을 할 땐 저절로 초고도의 집중력이 발휘되었다. 칸칸이 나뉜 빳빳한 우표책에 한 장 한 장 소중하게 모은 우표를 조심스레 넣어 들여다보느라 시간 가는 줄 몰랐다. 동물 그림, 풍경 그림, 누군지도 모르고 모은 초상화도 있었다. 그땐 조그마한 네모 칸 안을 가득 채운 그림을 보는 것이 좋았다.

시간 가는 줄 몰랐다는 말은 두 가지 상황에 사용된다. 어떤 문제를 해결하느라 쉴 새 없이 바빴다는 의미와 어떤 일을 하는데 신나고 좋아서 시간이 이렇게까지 된 줄 몰랐다는 의미. 하루하루가 즐겁기만 하지는 않겠지만, 후자 쪽으로 대답할 수 있는 날

들로 앞날의 그림을 채우고 싶다. 즐거워서 시간 가는 줄 몰랐다고 더 자주 대답하며 산다면 행복한 인생이지 않을까.

"오늘 하루는 어땠어?"
"좋아하는 거 하느라 시간 가는 줄 몰랐어."

KEEP
GOING♥

들꽃처럼

　　작년 눈부신 어느 봄날, 벚꽃의 연분홍에 흠뻑 취해 걷다가 우연히 만난 자그마한 들꽃이 있다. 연한 하늘빛에 둥그스름한 꽃잎, 핑크빛을 띠고 있는 꽃봉오리. 땅을 유심히 내려다보게 만드는 앙증맞은 야생화였다. 그렇게까지 꽃을 자세히 본 적은 처음이었다. 노란 나비가 초록의 길쭉한 풀과 하늘빛 들꽃 사이를 헤엄치듯 넘나들었고 나는 그 광경에 취해 한참을 멍하니 머물렀다. 숨겨진 보물을 찾은 것처럼 간질간질한 하루였다. 그 모습이 내 안에 오래도록 남아 이따금 머릿속 필름을 되감아 그때를 되뇌어 보았다.

　　그저 들꽃이라고만 여기고 이름을 묻지 않았는데 날이 갈수록 이름이 궁금해졌다. 생김새를 검색창에 장황하게 적어 비슷해 보이는 꽃을 찾긴 했지만 기억을 아무리 더듬어 보아도 사진만으로는 확신할 수 없었다. 봄을 알리는 꽃 중 하나라는 건 확실한데 말이다. 어쩔 수 없이 다시 봄이 오기만을 기다렸다.

그렇게 꼬박 1년이 지났다. 벚꽃이 만개한 것을 확인하고는 오래된 친구를 만나러 가듯 설레는 마음으로 그 장소로 향했다. 작년 이맘때의 감상이 지금 이 순간과 맞물려 다시금 재생되는 것만 같았다. 하늘 높이 흐드러지게 핀 벚꽃 나무 아래에 나를 반기는 아주 작은 꽃. 그 꽃의 이름은 '꽃마리'였다. 만취했을 때만 갈지자로 걷는 줄 알았더니 이름을 알고 난 후부터는 맨정신에도 갈지자로 걷게 되었다. 눈을 크게 뜨고 이쪽 한번, 저쪽 한번, 찬찬히 아래를 내려다본다. 우연을 가장한 꽃마리와의 재회를 상상하면서 말이다.

작년 가을, 자기소개 글을 적으라는 이야기에 꽃마리를 언급했던 적이 있다. 이름을 몰라 '들에 잔잔하게 모여 핀 파스텔톤의 작은 꽃'이라고 표현했다. 더불어 사는 것을 좋아하고, 무해한 사람이고 싶고, 있는 듯 없는 듯하지만 존재만으로도 기분이 좋아지는 그런 사람으로 살아가고 싶기 때문이라고 적었다. 왜 나를 그 꽃에 비유했고, 왜 그토록 이름을 알고 싶었던 걸까. 돌이켜 생각해 보니 누군가에게는 보잘것 없는 존재도 자신의 몫이 있고, 또 다른 누군가에게는 큰 감동을 줄 수 있다는 점 때문이었다. 그때도 지금도 꽃마리처럼 살고 싶다. 그런 사람으로 남고 싶다.

이제 봄 길을 걸을 때면 하늘이 아니라 땅을 더 많이 들여다보며 날 닮은 들꽃을 찾는다. 그리고 더 자주 안부를 묻는다.

"잘 지냈니?"

에필로그

오히려 좋아 ⓒ 손채아

발행일	2024년 9월 30 일
글, 그림	손채아
제작도움	우디앤마마

발행처 인디펍
발행인 민승원
출판등록 2019년 01월 28일 제2019-8호
전자우편 cs@indiepub.kr
대표전화 070-8848-8004
팩스 0303-3444-7982

정가 11,000원
ISBN 979-11-6756609-6 (02810)

이 도서는 마포구 브랜드 서체 Mapo 금빛나루(마기찬 디자인)를 사용했습니다.

@lilac_green_